诗词里的"美丽江苏"

华晓皓 吉樱 范圣楠 周露露 编

东南大学出版社
·南京·

图书在版编目（CIP）数据

诗词里的"美丽江苏" / 华晓皓等编 . —南京：东南大学出版社，2023.9
 ISBN 978-7-5766-0871-7

Ⅰ . ①诗… Ⅱ . ①华… Ⅲ . ①诗词 – 作品集 – 中国 – 当代 Ⅳ . ① I227

中国国家版本馆 CIP 数据核字（2023）第 173393 号

诗词里的"美丽江苏"
Shici Li De "Meili Jiangsu"

编　　者	华晓皓　吉　樱　范圣楠　周露露
出版发行	东南大学出版社
出 版 人	白云飞
责任编辑	弓　佩
责任校对	周　菊
封面设计	有品堂
责任印制	周荣虎
社　　址	南京市四牌楼 2 号　邮编：210096
网　　址	http://www.seupress.com
经　　销	全国各地新华书店
印　　刷	南京迅驰彩色印刷有限公司
开　　本	880 mm × 1230 mm　1/32
印　　张	7.75
字　　数	122 千
版　　次	2023 年 9 月第 1 版
印　　次	2023 年 9 月第 1 次印刷
书　　号	ISBN 978-7-5766-0871-7
定　　价	56.00 元

本社图书若有印装质量问题，请直接与营销部调换。电话（传真）：025-83791830

序言

前人说过："一切好诗,到唐已被做完",其实这是指文学的表达高度,它主要体现在文字感染力的强弱;"一个时代有一个时代的文学",这也多指以文学体裁为代表的表现形式。而文学中一个非常重要的要素,是其他形式所不能替代的,那就是文学的社会涉及面,即题材。它不断呈现出新的高度,永不停止,从而客观上也阔延了文学的功能。

江苏省环境保护宣传教育中心用五年时间征集原创传统文学作品,宣传习近平生态文明思想,践行"绿水青山就是金山银山"的发展理念,非常显著地在文学界形成了"生态文明题材"主题雏形,并涌现了一批规模不小、实力不俗、价值观健康的创作群。

作为五届征集活动主评委,一批优秀作品让人眼前一亮。第三届中的湖南选手杨定朝的《虞美人·致长江水质检测员》,用优美的艺术语言生动地再现水质检测人员的工作点滴及崇高目标。

虞美人·致长江水质检测员
湖南　杨定朝

滩涂踏遍三吴晓,取样归来早。悬瓶吸得水精灵,要把人间清浊辨分明。

山川不许污尘染,数据精心检。雨霜风雪几曾休,赢得一江清水向东流。

第四届中，江苏盐城选手仇恒儒、徐州选手徐崇先两位退休干部，都从人和鱼的"恩仇关系"入手，前者写一位靠捕鱼为生的渔民，被安排从事护渔职业后，在长江执法之时，被智力较高的江豚欣然认出：这人就是当年捕鱼的仇人啊。全篇用拟人的诙谐手法完成故事闭环，体现出作者对长江生物多样化保护工作的文学艺术挖掘，讲述环保事业之生命意义。后者开启深邃思考，从我们人类也进化于"披鳞戴甲"开始，点点滴滴，讲述人和鱼的关系，明明是"同饮一江水"，却恩恩怨怨，从同类到仇雠，甚至弹铗而叹"食无鱼"，穷困潦倒还要摆排场牺牲鱼类。直至多样性的生物陷入了困境，人类才意识到，要与鱼类"相濡以沫"，幡然醒悟，和鱼类再从仇雠变成好友。整首诗体现了作者思辨之缜密，在知识层读者中应有良好的反响。

记一位南京长江护渔人（通韵）

江苏　仇恒儒

归来浪上住江滨，闹市妻儿岂不亲。
渔事重如家里事，水纹熟若掌中纹。
出勤车破千迷雾，执法衣红十载春。
豚跃碧波谁记起：当年斯是捕鱼人！

慰鱼歌
——一位护渔干部的心声
江苏　徐崇先

澒蒙初启溯前生。我亦披鳞肯咽声。
万世结仇终结友，一朝同饮复同行。
似将长铗归来日，约得十年鸥鹭盟。
相忘江湖身未隐，而今肩负护渔名。

第五届中，军校教授袁振东同志为生态环境系统女性执法人员写了一首《咏蔷薇——赞生态环境系统巾帼铁军》，除了能捕捉这个系统最需要的主题，还表现出强大的文字功力：蔷薇有刺，但是，千百年来文人将花卉的刺基本定格为内部矛盾中的讽喻，如用作对刑事犯罪分子的敌我矛盾，则"引喻不伦"。老诗人在这种现实的文学限制下，充分发挥了自己的理工科逻辑优势，把"刺"安排在比喻花枝的"鞭"的附着物位置上，"鞭"是针对敌我矛盾的"兵器"，"刺"只是加强兵器的威力。且兵器分轻重、硬软，各司其职。而文明执法、禁罚有度的生态环境系统女性执法人员，她们就像手持看似轻灵实则尖利的软鞭一样，对违法行为的处置执行有力、过程完美。

咏蔷薇——赞生态环境系统巾帼铁军

　　江苏　袁振东

春艳不争桃李梅，含苞欲放待轻雷。

柔枝莫道娇无力，笞恶藤鞭舞刺来。

　　第五届中，江苏籍选手刘艾玲女士的《清平乐·喜见院中蔷薇欲开》以唯美的通感修辞手法，同样获取一等奖。这首作品和其他获奖作品一起，以精巧的文字板形式，悬挂在江苏省生态环境厅的"蔷薇花信"打卡墙中的花枝上，别有一番情趣，引得众多过客驻足，多方位地起到了深入群众、广泛宣传的效果。

清平乐·喜见院中蔷薇欲开

　　江苏　刘艾玲

　孕红拥绿，粒粒玲珑玉。篱畔微风随手触，已有暗香盈握。

　小窗午影迟迟，蝶儿梦里翻飞。两个黄鹂鸣啭，叫醒一架蔷薇。

　　五年来，我看到了广大诗词爱好者从对环境题材无从下手，甚至早期还分不清生态环境和环境卫生的差别，到现在生态文明题材在国内文坛初具意向边际，初具写作人群，初具作品质量，初具同行响应。

虽然走过了许多艰辛的路，但我们获得了创新的成果，开拓了生态文明文学的新样态。此次，把五届"生态环保 美丽江苏"诗词征集活动得奖作品编撰成集，也是深入学习宣传贯彻习近平生态文明思想的有益实践。坚信中华民族的传统文学和青山绿水一样，定会成为可持续发展的重要基石。

金陵诗社社长 来 均

2023 年 9 月

目录

1 第一届

一等奖

南京共享单车竹枝词三首之三 \ 004

二等奖

浣溪沙・题长荡湖 \ 006

定风波・生态天目湖 \ 007

题清道叟 \ 008

三等奖

七律・河道清洁工 \ 010

贺新郎・采煤塌陷地 \ 012

七绝・题"我是美丽江苏小主人活动" \ 013

春日游茅山绿化带 \ 014

行香子・河豚重返南京（依龙榆生谱） \ 015

阳春郊游句容有怀 \ 016

优秀奖

念奴娇・思昔抚今吟环保 \ 018

题光大环保能源（南京）有限公司 \ 019

汉宫春・苏北新沂市环保治污美城镇感作 \ 020

念奴娇・咏清道夫（词林正韵） \ 021

赞高邮春节城市禁放 \ 022

七律・太湖新咏 \ 023

鹧鸪天·喜见贾汪新貌 \ 024

咏苏州水上清洁工 \ 025

无锡许溪河复清感赋 \ 026

生态江苏行 \ 027

七律·写在地球日 \ 028

喝火令·赞环保人 \ 029

清晨见为江苏太湖拾垃圾物的志愿者
　有感七绝三首之三 \ 030

美丽江苏三题之二 \ 031

七律·太湖重现碧波感赋 \ 032

人气一等奖

江城子·美丽江苏 \ 034

人气二等奖

鹧鸪天·栖霞迈皋桥老街整治巨变感吟 \ 036

人气三等奖

满江红·环保夜查 \ 038

2 第二届

一等奖

咏长江大保护 \ 042

听,晚风吹来童年的星空 \ 043

二等奖

水调歌头·太湖又见桃花水母 \ 046

浣溪沙·长江禁渔十载 \ 047

题太湖水面环卫工 \ 048

做一名河长,与江河一生盟誓 \ 049

招募——游西双湖 \ 051

三等奖

自南宅镇越城湾山往游太湖 \ 054

五律·共抓长江大保护 \ 055

登阅江楼望大江并序 \ 056

乡居即景 \ 057

南京中山东路口占 \ 058

苏州像一把琵琶 \ 059

蝌蚪群舞 \ 061

栖霞山,用明秀安居了一座江山 \ 063

优秀奖

临江仙·太湖再现桃花水母有感 \ 066

七绝·绿化工 \ 067

暑日见垃圾回收劳作有怀 \ 068

环境治理后复闻蛙声 \ 069

行香子·秀美江苏 \ 070

环境治理后镇江亦见高原蓝感而赋之 \ 071

张家港骑车人 \ 072

暑天路见环卫工 \ 073

徐州贾汪小南湖景区 \ 074

园林养护日记（一） \ 075

七绝·戏题吾儿学垃圾分类 \ 076

七律·咏秀美江苏 \ 077

七绝·环保江苏 \ 078

退 \ 079

桃花的身世 \ 081

黎里镇 \ 082

芦花是长荡湖迎娶的新娘 \ 084

痴心的长江水 \ 086

把自然还给自然 \ 087

3 第三届

诗词组　一等奖

咏农家乐绿色生活 \ 092

诗词组　二等奖

游潘安湖 \ 094

朝中措·长江十年禁捕渡头所见 \ 095

高邮湖禁捕赞渔夫 \ 096

诗词组　三等奖

减字木兰花·盐城鹤园听《一个真实的故事》写给徐秀娟 \ 098

长江十年禁渔 \ 099

沁园春·锦绣江苏　生命江苏 \ 100

满庭芳·游长江生态湿地 \ 101

泛舟扬子江看江豚翻跃喜作二首之一 \ 102

诗词组　优秀奖

虞美人·致长江水质检测员 \ 104

摊破浣溪沙·江苏巡河工写影 \ 105

南京观江豚起舞有作 \ 106

环卫工（中华通韵） \ 108

清洁煤 \ 109

巡　河 \ 110

闻江苏水域治理成绩卓然有感 \ 111

有感长江禁渔十年 \ 112

交通环保自行车（新韵） \ 113

临江仙·环保江苏 \ 114

楹联组　一等奖
　　　赞江苏省生态环境工作者（中华通韵） \ 116

楹联组　二等奖
　　　垃圾分类与生态文明 \ 118
　　　楹　联 \ 120

楹联组　三等奖
　　　楹　联 \ 122
　　　楹联（中华通韵） \ 123
　　　题环卫女工 \ 124

楹联组　优秀奖
　　　楹　联 \ 126
　　　保志愿者 \ 127
　　　楹　联 \ 128
　　　题长江大保护 \ 129
　　　楹　联 \ 130
　　　楹　联 \ 131
　　　楹　联 \ 132
　　　楹　联 \ 133
　　　楹　联 \ 134
　　　楹　联 \ 136

第四届

一等奖

咏新济洲湿地公园 \ 140

江心洲生态保护成效显著 \ 142

二等奖

江边晚景 \ 144

潘安湖人家 \ 145

鹧鸪天·咏太湖清洁工（词林正韵） \ 146

定风波·长江禁渔 \ 147

鹧鸪天·锡澄水厂观江苏最大太阳能光伏电站效果图 \ 148

三等奖

环保歌 \ 150

记一位南京长江护渔人（通韵） \ 151

西江月·湖长的幸福生活 \ 152

慰鱼歌——一位护渔干部的心声 \ 153

望海潮·白马湖禁渔事（词林正韵） \ 154

阳澄东湖湿地公园冬韵 \ 155

晨起自张家港坐公交一路换车正午至南京燕子矶景区有感 \ 156

沁园春·记长江北固湾环境日活动 \ 158

优秀奖

滨海港海上风电机咏(新韵) \ 160

过潘安水镇 \ 161

长江禁渔 \ 162

题南工大环保志愿服务队 \ 163

扬子江有感 \ 164

生态宣传志愿者 \ 165

鹧鸪天·步行上班 \ 166

临江仙·水质检测员 \ 167

题南京濒危动物虎凤蝶 \ 168

鹧鸪天·长江之魂 \ 169

七律·秦淮新河河道保洁员 \ 170

水上环卫工 \ 171

鹧鸪天·骑共享单车游天目湖湿地公园 \ 172

七律·畅游鼓楼区江边湿地 \ 173

西江月·常熟(柳永辞格) \ 174

鹧鸪天·游天目湖有感 \ 175

鹧鸪天·长江十年禁渔所见 \ 176

生态江苏　美丽江苏 \ 177

暮日观江苏海上风电项目 \ 178

题长江守护者郑金良 \ 180

5 第五届

一等奖

咏蔷薇——赞生态环境系统巾帼铁军 \ 184

清平乐·喜见院中蔷薇欲开 \ 186

二等奖

题江苏省生态环境厅所在地蔷薇花墙 \ 188

午后看蔷薇有作 \ 189

鹧鸪天·金陵赏花并复蔷薇花信 \ 190

春过南京老门东 \ 191

过潘安湖湿地公园见蔷薇花开 \ 192

三等奖

赞蔷薇花 \ 194

过南京颐和路蔷薇花墙 \ 195

牡　丹 \ 196

广玉兰 \ 197

水龙吟·昔台城柳枝多被攀折制成柳哨，大煞风景。今严加保护，悬以风铃，点缀石城喜赋 \ 198

虞美人·咏镇江南山自然生态 \ 200

蝶恋花·鸡鸣寺赏樱 \ 201

菩萨蛮·蔷薇 \ 202

优秀奖

蔷薇花 \ 204

行香子·金陵蔷薇花墙打卡 \ 205

浣溪沙·新村蔷薇花开 \ 206

临江仙·潘安湖见蔷薇花 \ 207

戏于蔷薇初发 \ 208

鹧鸪天·我家小院蔷薇花 \ 209

蝶恋花·蔷薇 \ 210

新济洲湿地公园赞 \ 211

鹧鸪天·高淳金花节 \ 212

鹧鸪天·生态骆马湖 \ 213

西江月·桃花图 \ 214

杏园芳·咏柳（新韵）\ 215

西江月·结香树 \ 216

行香子·苏高中白玉兰 \ 217

清平乐·玄武湖赏樱花 \ 218

白玉兰 \ 219

西江月·垂丝海棠 \ 220

游凤凰岛兼吟凤凰雕像 \ 221

咏蔷薇三首之三 \ 222

满庭芳·蔷薇花开 \ 224

1

第一届

一等奖

南京共享单车竹枝词三首之三

辽宁　　刘铁民

记得春风鬓影间，
桃花时节雨闲闲。
全家都在单车上，
看尽清凉幕府山。

二等奖

浣溪沙·题长荡湖

广东　成文君

　　长荡湖光久已违,拆除围养得重归。鱼乡水驿蟹虾肥。

　　两岸清风芦叶上,半汀晓月藕花西。近人白鹭绕船飞。

定风波·生态天目湖

广东　苏王曦

天目波平合放舟,诗魂蝶梦两悠悠。水是明眸山是髻,清丽,最难抛舍最温柔。

人造蓬瀛生态好,春早,鸟声花气不胜幽。饱吸湖光休便去,须住,溧阳风景赛杭州。

题清道叟

福建　李佐钦

道否忧贤宰,时平耽佚民。
丘山谁独爱,草树尔同亲。
叶扫穷三径,春归入四邻。
黄衣千日著,岂谓阮家贫。

三等奖

七律·河道清洁工

广西　何海荣

四时行迹付扁舟,泛梗飘萍一网收。
移棹不惊千里浪,巡河已历半生秋。
翘滩白鹭多新识,坐岸青山皆旧游。
固守初心因有念,人间最爱见清流。

刘 双/摄

贺新郎·采煤塌陷地

江苏　仇中文

曩昔今犹记。廿秋前、煤空地陷,妇孺飞泪。万亩良田沉水底,麦浪秧波梦碎。自此后、无禾无蕾。雁过燕归皆依旧,伴荒凉、唯有枯芦苇。思治理,叹贫计。

一朝凭借鹏风起。把乾坤、回天再造,月新年异。绿树成林栖百鸟,花卉芬芳娇媚。柳拂处、堤桥联袂。廊榭亭台相错落,水凝蓝、舟逐群凫戏。何旖旎,若西子。

七绝·题"我是美丽江苏小主人活动"

辽宁 高 杰

江苏水碧满鲜花,
环保精神到小娃。
幼树青青分认养,
路边三棵属吾家。

春日游茅山绿化带

江苏　谢良喜

极目晴岚接翠微,茅山脚下绿成围。
烟花着意留春住,啼鸟含情迎客归。
仄径深深藏绝谷,清泉汩汩到林扉。
只今环保遵生态,一盏新茶足忘机。

行香子·河豚重返南京（依龙榆生谱）

江苏　段春梅

月照沙汀。夜静潮平。有豚鱼、重现金陵。摆鳍翻浪，喷水呼朋。正芦初芽、柳初绿、草初青。

横流污水，几度无凭。想年来、治理营营。洄游诸类，结对归成。复天之蓝、岭之秀、水之清。

阳春郊游句容有怀

广东　谭俭方

句容郊外了无尘,水色山形入眼新。
千亩粉樱添浪漫,一湖白鹭显精神。
古村日过光阴静,野地花开草木春。
万物逢时生美好,悉心呵护自缤纷。

优秀奖

念奴娇·思昔抚今吟环保

江苏　仇猛林

临江濒海,控淮千帆渡,风景谁护。继把清流全阻断,几处云翻烟雾。生态文明,两山论断,激荡风雷赋。同心治污,唤回春媚如故。

奇景遍地如斯,揽江独胜,俯仰钟山埠。百态仙姿花呓语,最是芳香无数。秀丽乡村,霓虹城市,满目花千树。江苏丰美,赞谁千万言语。

题光大环保能源（南京）有限公司

江苏　周其荣

江边人杰孰堪如，生态长存一部书。
热火成山焚朽物，神风化电照民居。
横空大帚连云扫，探路初心有梦余。
洁净春秋传鼓乐，龙行凤起正遘遘。

汉宫春·苏北新沂市环保治污美城镇感作

江苏　谭中银

　　无语亭台,看沭津浊浪,陵野昏鸦。西南风熏城阙,污尽千家。无情最是,马姚桥、黑水翻花。堪忍那、客商来去,频频腮上蒙纱。

　　记得常吟良久,任哪方净土,心愿难赊!幸临东风浩荡,战鼓喧哗。筛云滤雨,封霾喉、十里清嘉。欣次第、白云含笑,兰汀鸥逐烟霞。

念奴娇·咏清道夫(词林正韵)

江苏 邹 萍

曦光未现,有白鸥振羽,大道沉寂。寒月照人人未冷,挥汗舞苕施翮。扫尽泥尘,遍清屑纸,才始凭车立。怕风吹叶,俯身搜捡沟隙。

好景丽日常虚,披星饮露,去来遮深笠。雨雪风霜连四季,更酷暑炎炎日。即欲乘风,风凝树影,杳杳轻云逸。道清归去,放歌深树谁觅。

赞高邮春节城市禁放

江苏 黄海涛

城市风清过大年,
千家把酒共团圆。
愿将爆竹声留梦,
不把烟尘染月天。

七律·太湖新咏

江苏　谷万祥

重唱太湖水质优,荷风阵阵荡轻舟。
铲除污染驱蓝藻,留取清新唤白鸥。
鼋渚春涛听四季,具区胜境赏千秋。
龙宫生态长年好,养得肥鱼不咬钩。

鹧鸪天·喜见贾汪新貌

江苏　崔传江

数载寻来第一回,贾汪城上白云飞。临街厂矿烟尘绝,接岭丛林鸟雀归。

河启镜,柳梳眉,粉拳菡萏似擎杯。新妆笑靥夸环保,政策亲民力不菲。

咏苏州水上清洁工

江西　陈祥康

一叶扁舟水上巡,
舟中不是采莲人。
为留吴地清波在,
沐雨披风任苦辛。

刘　双／摄

无锡许溪河复清感赋

湖南　王超群

淘净关河九窍通，龙行不带等闲风。
一川玉动千门外，万里潮来五色中。
水接云帆灯结彩，桥衔月影岸飞红。
时贤为谢清淤者，巧把江淮酒倒空。

生态江苏行

辽宁　吉铁兵

鲜衣怒马入三吴,生态环围确可书。
梦里春山浓或淡,望中霞绮卷还舒。
几分恬静桃源似,一轴氤氲水墨如。
美手拈香波又洗,约谁舟放浣花初?

七律·写在地球日

河北 刘 峰

长夜茫茫河汉流,偶抟万物驻蓝球。
耕耘往复风云影,演变轮回日月秋。
谁晓贪心如黑洞,每教欲望上危楼。
劝人莫把平衡破,环保当为后代谋。

喝火令·赞环保人

江苏　潘桂兰

左岸风光好，滨江景色新，落英飞羽柳摇频。鱼鸟揽江波动，犹胜武陵村。①

酷酷炎炎夏，风风雨雨春。为容生态苦心身。几度寒霜，几度载星辰。几度叶繁花落，瘦了保环人。

注：陶渊明的《桃花源记》曾云："武陵山中，有避秦人居之，寻水，号桃花源。"

清晨见为江苏太湖拾垃圾物的志愿者有感
七绝三首之三

重庆 杨 兵

简练衣装发浅盘,
偶遗污渍在眉端。
湖光都映君模样,
笑得分明很好看。

美丽江苏三题之二

江西　柯宏

白鹭春风共太湖,
银涛万顷育姑苏。
南溪四季清如许,
不建烟囱种碧梧。

Jamine/ 摄

七律·太湖重现碧波感赋

江苏　仇恒儒

浩荡波光动越吴,问谁泼彩染山湖。
水经重撰来鱼读,林苑新裁归鸟呼。
一曲甜歌清肺腑,十年芳草绿崎岖。
更看千里东风劲,春色浓浓透画图。

人气一等奖

江城子·美丽江苏

李 阳

"两山"理论引帆航,阜安康,万年昌。保卫蓝天,生态甚嘉良,群策同心抓"六治",调结构,续华章。

海鲈鲜脍举杯觞,稔丰仓,岁和祥。岸绿水清,豚戏跃长江,发展转型高质量,归雁唱,沐春光。

王 奥/摄

人气二等奖

鹧鸪天·栖霞迈皋桥老街整治巨变感吟

李远萍

柳岸风柔透碧光,梧桐翘首凤和凰。旧时窄巷如西蜀,今日梅亭变乐乡。

亲故韵,谱华章。青砖画栋焕新装。长沟十里清欢唱,生态休闲沐众阳。

人气三等奖

满江红·环保夜查

张培居

月黑星稀,三人组、同行上路。匆匆履、几分责任,几回寒暑。程旅仆仆何畏累,巡查屡屡不言苦。夜深沉、银汉一带明,星无数。

验管道,偷排否?查危废,追去处。控现场,仔细辨核集录。复勘饥餐尘与土,严察渴饮霾和露。但教他、生态美家园,春常驻!

2 第二届

一等奖

咏长江大保护

江苏　秦和春

此生长伴母亲河,每念深恩报几何?
除污千秋犹未晚,禁渔十载不为多。
春来鱼子满晴水,风起江豚立白波。
养息应知福儿辈,老夫含笑罢烟蓑。

注:长江亦称"第二母亲河"。

听,晚风吹来童年的星空

浙江　陈于晓

一张湿漉漉的水网,笼罩了
一整个江苏大地。黄昏的天空
像一匹光滑亮丽的绸缎,舒展开来
淡淡的水雾,花香,烟火的清香
氤氲着,水乡人家最生动的诗篇
生态是最美好的主题

夜色宁静,我相信美好的夜色都是宁静的
虫啼听分明了,发现可以
分为吹拉弹唱许多种,这些声响
像草丛中举着的小小灯盏,露珠般的清澈
晚风中,脚步若有若无地响起
在微凉地吹拂中,这些脚步将带着我
回到星光灿烂的童年

湿地上飞舞着的萤火虫,为我保管着
儿时的画面,一点一点的光

被放大,照亮远近的小桥与流水
我记得童年时也是这样,一些星光在天上
需要仰望;一些星光在水中,需要打捞

听,晚风正为我吹来童年的星空
这些一尘不染的星星,在演奏
生态建设与发展,旖旎与富庶的乐章
而梦境一般的水乡灯火,则是今晚的

二等奖

水调歌头·太湖又见桃花水母

湖南　李声满

　　三万写湖碧,七二揽峰青。扁舟今夕何夕,邂逅水仙行。一似齐蝉羽翼,同按湘妃琴瑟,重此舞精灵。开落乱桃雨,无处不芳馨。

　　想环佩,随魂梦,自泠泠。江南江北来去,多少故乡情。天地初开图画,表里俱空尘滓,还我物华清。鸥鹭且飞下,相与订新盟。

注:桃花水母又名桃花鱼,相传为昭君思乡泪所化。

浣溪沙·长江禁渔十载

江苏　段春梅

　　一练西来接海流。波深水阔聚沙鸥,长江两岸歇渔舟。
　　待看网开空四面,从知鱼乐衍千秋。相衔十里共洄游。

题太湖水面环卫工

四川 何 智

悠悠一网倚清风,
三十年来若梦中。
莫说当时蓝藻事,
汗巾抹到夕阳红。

刘双/摄

做一名河长,与江河一生盟誓

湖南　杨冬胜

　　女人是水做的骨肉。而一条条河就是大地之上循环不息的血管
　　做一名河长也有一种荣光。河水以深情的眼眸瞅你,你决定不能辜负
　　江河湖泊,映照青山,也映照你伟岸的身影
　　碧水幽幽,青山妩媚。而你从此毅然决然嫁与江河
　　那些江河就是你深沉挚爱的夫家

　　一路跋山涉水,一路千山万水
　　那些大地之上的河流,一一被你囊括手中
　　你知道哪一条河在呻吟,哪一条河在患病,哪一座水库在痛哭
　　山河在你心中。你是妙手回春的使者
　　那么多条河就像你的儿女,需要你披肝沥胆地疼

　　千万条河,就是你的牵挂

时光暗淡你的青丝,流水一次次浣洗着你的一头霜雪

时时刻刻,你把那洁白的浪花簪在两鬓

绿水潺湲,暗暗扣合着你前进的步伐。山水为你鼓掌

你会不会被鸟语花香感染,你的目光一次次与那日夜奔流的河水切近

切断污染源头,设置安全监测

终于,一条条河还你原来的本真面目

如你凝望的充满了水声的双瞳

往来之人,一次次耳濡目染,河流已然流进他们的心田

他们溯回到了童年,仿佛在深情戏水。而你一次次风雪载途,被沧桑覆盖

招募——游西双湖

江苏　王永超

1
中年人的后视镜里,还能看见它的前世
是沼泽,是水洼?
由季节和雨水来定义
2
湖岸边,古典的炊烟并不唯美
一步步撤回烟囱
木柴喂养的烟囱有些失落
朝着瓦片收缩
3
历史充盈着嬗变
阔别半生,游子归来
面对这一帧湖水
需要用掉多少感慨与回眸
方能调整好时差
4
西湖,西双湖。两两相望

都是正版的碧水

一样的荷叶托举着荷花

像分母托举着分子

5

隐居于唐诗的白鹭偷窥着现实

打此落户。自封公主

或者郡主，认领一方水域

向人群分发荷塘秀色

6

应该招募一些海鸥

率领海豚

把湖泊认作大海

把落叶认作白帆

7

再招募若干汉字

训练，整编

句子可长可短

阵营可大可小

把一座湖打包，压缩

词牌就叫念奴娇

注：西双湖位于江苏省连云港市东海县城西部。

三等奖

自南宅镇越城湾山往游太湖

江西　胡迎健

驱车城湾远,盘旋越翠峦。豁然一湖明,山影浸波寒。
万顷晴光漾,数丛芦苇残。沃壤相错绣,峰岩耸秀鬟。
流域文明古,人杰毓其间。聪敏加勤奋,生态当有关。
偶作武进客,难得肆游观。同伴二三子,歌啸惊微澜。

五律·共抓长江大保护

江苏　颜正清

京口江南岸,瓜洲古渡头。
春风新柳动,初日淡云收。
今古一慷慨,天人两自由。
神州龙脉在,同护此清流。

登阅江楼望大江并序

广东 苏 俊

长江入苏,南京为第一关,治江之要害处也。余登楼望江,颇感江苏近年治理长江、恢复生态之成效卓著,为题一绝。

绿抱金陵未觉秋,
阅江人倚最高楼。
怜他铁锁铜关在,
只放清波入海流。

乡居即景

四川　李荣聪

绿如翡翠碧如纱，
天近黄昏处处蛙。
村路逶迤过竹荫，
炊烟牵出两三家。

绿 光/摄

南京中山东路口占

四川　冉长春

氧富缘林密，
心宽笑路赊。
扫描二维码，
租辆自行车。

苏州像一把琵琶

甘肃　陆　承

　　苏州像一把琵琶，正弹，是莺语明媚处，我观星辰起伏
　　反弹，是沙漠流水中，飞天驰骋，豪情砥砺

　　迷宫或飘摇的密码，我找不到的，将在盲女的手指中闪耀
　　哦，语文课本里熟悉的格局，在棋子的隐晦里恍惚

　　我不敢迈出第一步，怕第二步就会破坏这最初的生态与雅致
　　拙政园里，阅读并未短缺。士子们
　　在诵读古老的汉语，和普通话并未相交的发音

　　哦，错失的时空，在今天倒垂为星
　　我看见的星，和那些模糊的灯
　　在玲珑的怡园组成一列超然的车轮

驶向远方,让泥土之上皆是这儒雅的鞠躬
奔向未来,让城市之内都是这清淡的弥漫

一面荷叶,就是一种人生。一朵荷花,则是一方归宿
从漫无目的的衍生里,我复归唐诗宋词
在一个韵脚里就嗅到了恬美和安宁

蝌蚪群舞

江苏　毛文轩

清澈的七仙湖
垂柳倒影
追逐而来的一场春雨
叫醒一枝莲叶
它并不知晓
暗流涌动的青春已骚动着
将轮回岁月煮沸

清澈见底的湖面
蝌蚪群舞
亢奋地变换表演阵型
鱼鸟似飞跃于溪流
对繁华有阅不尽的开心

返青草木一脸醉意
它们仿佛听见
远一阵近一阵浩大蛙鸣

代表着万物

对人间赞美地齐齐发声

栖霞山，用明秀安居了一座江山

安徽　孙凤山

山还是丰富一点好，就不止是山
一步步向上，总能探一探大自然的哲学
一步步向下，总有对世界的多重描述
只要六朝胜迹发芽，金陵史就挂果
即使我不走驻跸道，也能听禅

牵着凤翔峰的高度，我一步步入梦
走着走着，跃过舍利塔，提起一汪明镜湖
与珍稀动植物，还有风声共沐一轮朝晖
这一路上只有禅和宗，头顶三尺何止是青天

石梯也是路，站起来就是通天的路
我只管低头，没有一个词比红叶更温暖
就连碧云亭也会从文化里下载一座山
把心存放在栖霞寺，听佛光叠加时光的声响
明秀之山，何止与日月如期相守

穿过枫岭,仿佛天地人间已三世
一个男人向前,最好的奉献就是把自己
还原成一炷炷香火,持续不断地燃烧
一个女人殿后,最好的修行就是把自己
还原成一缕缕月光,持续不断地打磨经典

以大江涛声丈量蓬勃的岁月
以御花园的安逸豢养太多的光芒,吞吐凡尘
挤兑所有的世俗烦恼,随陆羽茶庄沉淀
时光中的清凉,许世界以禅的柔软

金陵史,像带子一样横系栖霞山前世今生
所有辉煌的名字都已入驻地学教科书
小名叫康养。三座山峰举手睁眼
书写栖霞传奇金陵魅力,瞭望中国经典

优秀奖

临江仙·太湖再现桃花水母有感①

江苏 王 刚

　　落雁琵琶江月白,离愁泪溅桃花。香溪幽咽送丹葩。灵源无觅处,笠泽可安家。
　　寂寞芳魂高自许,冰莹不与纤瑕。山河收拾忒清嘉。春回千朵蝶,衣染一湖霞。

注:传说昭君出塞前,泪珠滴入香溪化作体态透明的桃花鱼。

七绝·绿化工

广东　黄佳武

双手谁如二月风,
殷勤裁出绿和红。
偶然辗转香街里,
总在树阴深处逢。

暑日见垃圾回收劳作有怀

河南　程　希

夜拾中央午掇边,
谁抛饮料入泥田。
汗衣揩净瓶身垢,
换取人间清白钱。

环境治理后复闻蛙声

河北　欧阳国金

骤雨退山隈，清凉趁茗杯。
梭梭犹闪电，隐隐复闻雷。
云薄蟾轮滑，风轻蛙鼓催。
流萤如有惜，三五照裴回。

行香子·秀美江苏

贵州　徐进华

　　春满金陵,绕翠萦青。堪妆点,生态新城。水浮花气,风递莺声。见天儿蓝,云儿白,月儿明。
　　人人环保,宜住宜行。更催唤,辞客诗情。凫眠芦苇,鹭卧沙汀。听山间琴,楼中笛,柳边笙。

环境治理后镇江亦见高原蓝感而赋之

湖南　杨定朝

长津碧水浣苏南,
沁我心脾气味甘。
最喜淋浪新雨后,
白云拖出镇江蓝。

张家港骑车人

黑龙江　宫文梅

朝阳晕染小城东,人共单车行色匆。
旋转双轮追日月,飞扬一骑带春风。
繁花路引香飘远,悦耳铃惊鸟出丛。
低碳节能身健硕,从年少到白头翁。

暑天路见环卫工

湖北　王小燕

背灼足蒸人不堪，
风如解愠且来南。
可怜环保绿车上，
系满毛巾一二三。

徐州贾汪小南湖景区①

江苏　蒋继辉

旧貌不堪忆，湖光随梦迁。
船摇三岛动，春发半城鲜。
堤下人亲水，云中鹭戏天。
荷香迷客路，更醉一林蝉。

注：南湖景区是在采煤塌陷地改造而成的，其紧连贾汪城区，景区总面积近三千亩，区中建有三个景观岛、五个花园和多处亲水平台栈道等景点。

园林养护日记（一）

福建　李佐钦

披褐鸡声杳，开门月色清。
苗齐含宿露，草绿焕新晴。
未觉流光老，犹矜淑景成。
兹园有真趣，翘首问渊明。

七绝·戏题吾儿学垃圾分类

重庆 向艳

数来数去道边藏,
一二三箱又四箱。
最喜吾儿摇晃步,
欲教垃圾作分装。

七律·咏秀美江苏

湖北　张雨倩

家园倚立水滨前,几处青峰几眼泉。
天上彩云频作画,村边白日欲休闲。
景连花果山林处,人在云龙湖荡间。
都说桃源寻世外,哪知福地在身边。

七绝·环保江苏

北京　钱燕群

昨夜东风潜入吴,
一蓑烟雨润如酥。
春擎环保丹青手,
又绿人间山水图。

退

重庆　刘　银

家都退了
只有潮水不退
继续拍打着两岸
拍出一行行绿水青山

似乎什么都退了
只有护坡不退
它们紧紧抱住的长江
划出一个又一个优美的弧

都说，烟花三月下扬州
而你，何日再来扬子江看看
看，跳出三月的扬州，跳出园林的苏州
如何把自己描摹进长江的画框

房子退了，港口退了
那些挤挤挨挨挤挤的日子也退了

唯鸟、树、风住了进来
在你的耳蜗里窝藏了甜蜜

你欢喜这样的退了
就像你更爱远远地眺了
一行白鹭上青天
似乎是自然为你预备的绝句了

桃花的身世

内蒙古 高 坚

躲在一阕宋词里妩媚

离一首唐诗,一步之遥

喜欢一座桃园,或者在一座梅园开始初恋

是一生的宿命

宣纸的封面,国画的爱情

不著一字的表白,谁会有千古的承诺

时间不会沧桑,沧桑的是回首

来时的路更改,更改的还有从前的故事

告诉研墨的人,从此放手

一年又一年,身世和一场春风有关

黎里镇

吉林　王海清

黎里镇，驮着旧时光
被一股强劲的优势保护成魔块，招商
成了一面旗帜，让四海云动风涌
人才落户黎里镇
睿智集结，翻天覆地地开始
蛊惑一场家园涅槃

高楼，在躬着脊背的黎里镇人手上崛起
华灯，把黎里镇的影子推入记忆
并亮出区位牌，高科技
新材料、生物医药、服务领域……
颠覆着黎里镇的命相

在黎里镇，每一轮太阳都是弥新的
在给黎里镇渡着金，沉甸甸的
慢慢地，慢慢地，慢到让我听到了
时间在走过，可那些躺在躺椅上

饱受阳光敲击的老人们,他们
竟是广场的主人,他们都在这里
寻找属于自己那些被盗走的童年

乡音依旧,只是目睹了一场思变
让水上江南更加饱满,我们
随意都能将这里的甜蜜咀嚼出来
你看,那许多火炬映亮了梦想
黎里镇,已度过了一次蜕变
满身新鲜的脂肪和肌肉,正为自己
强筋壮骨,肯定会在某一时刻
周身长出一双带羽毛的翅膀
飞翔在世界仰慕的高度

芦花是长荡湖迎娶的新娘

四川　钟志红

碧水惯性扬起涟漪、奏响音乐
浪漫的分母托举起永结同心
秋风又起。云撒下剪纸的花瓣
为一场盛大的婚礼布景
金童的肥蟹、玉女的鹭鸟
给新郎长荡湖插上一朵胸花

吴语方言在流行的风中旁逸斜出
清晰一串串窸窣摇摆的跫音
在慢节奏的季节祝福，或抒情
黄菖蒲、三叶草、再力花，形销骨立
每一次作揖深浅，决定亲水距离
洁白的婚纱，飘逸在秋的殿堂

曾经远游异乡，今朝回归故里
长荡湖千百年守望，从青涩到表白
只为芦苇花递来一抹羞红

只为飞雪映天,牵手月圆花好
每一颗喂大的爱荡起风铃一串串
不再两处相思,只想白头到老

名词的婚礼写满轻灵温馨的小令
无声的圆舞曲丰腴日月、稀释轻浮
一拜天地,生态美丽、画里诗间
二拜高堂,环保者背影在风雨中砥砺
岁月静美。三拜的莺声燕语致远
爱的扁舟,再也驶不出长荡湖的边境

痴心的长江水

湖北　陶少亮

流经江苏，425公里飘带，带着唐古拉山的气脉
为这块沃野江淮，攒有
那么多的水滴

后一朵浪花，在冲向大海之前
拼着命，与江苏
以身相许，去追思前一朵

我每每，突发奇想
多想这些湿淋淋的花朵
开成最炫的民族风

我还想在每朵浪花上，刻上途径江苏的10座大桥
一路走过来的乡村和城市
以蓝天和白云的名义，从6300公里的长途跋涉中
提取它最新的气喘
和保质期

把自然还给自然

浙江　叶申仕

我喜爱的是,在每晚准时收看《人与自然》
——这是很好的一件事情
仿佛候鸟履行了与季节的契约

我喜爱的是雨季的草原
羚羊在绿色的火焰上跳跃
是龟裂的大地上,鳄鱼眼里流出生活的盐粒
是食草动物低眉的模样
和肉食动物的牙齿和速度

是把鱼翅还给鲨鱼,把象牙还给大象
把犀牛角还给犀牛,把花衣裳还给金钱豹
以及把尊严还给熊、狮子和黑猩猩

是河流和风都有自己正确的方向
每一座冰山都有恰如其分的美
是蚂蚁家族在荆棘丛中搬动星月

是逆流的鲑鱼群,该洄游时绝不在下游多停留一秒

尤其喜爱的是:这其中没有人和烟火
唯有自然是自然的主人和烟火

喜爱的是看着看着,仿佛自己就进入了电视
仿佛一只北极燕鸥
去安慰忧郁的大海和天空
仿佛一只多刺蜥蜴
漫步在沙漠的春天里

王 奥 / 摄

3

第三届

诗词组 一等奖

咏农家乐绿色生活

江苏　秦和春

亦是农家亦酒家,入乡即得绿生涯。
莺梭燕织当门柳,雨润烟滋隔岸花。
私酿未倾人已醉,时蔬自摘味尤嘉。
爱他一曲抱村水,十里清涟不带沙。

诗词组 二等奖

游潘安湖①

江苏　宋善岭

分明昨日是煤田，却感西湖在眼前。
春色千重桃倚柳，波光万顷水连天。
人间好景能如此，世上知名不偶然。
绿竹红荷屡招手，渔娘呼我快登船。

注：潘安湖是一个当代人工湖。该处本无湖，原是徐州矿业集团权台矿和旗山矿的采煤塌陷区域，2010年始，徐州市正式对此采煤塌陷区实施改造。

朝中措·长江十年禁捕渡头所见

江苏　李远萍

渡头光景远望中,岂与昔时同?万里长江禁捕,烟波不觅渔翁。

网开四面,鱼龙自在,鸥鹭从容。一对江豚游戏,逍遥白浪清风。

高邮湖禁捕赞渔夫

江苏　黄海涛

万顷湖光漾夕晖,
遵从禁捕老船归。
渔夫今作护渔者,
只许波间鸥鹭飞。

诗词组 三等奖

减字木兰花·盐城鹤园听《一个真实的故事》写给徐秀娟

上海 孙 群

因怜仙鸟,湿地烟波人已渺。今在何方?应是长留鹤故乡。

我来寻你,却在民间传说里。天路难追,不信歌声唤不回。

长江十年禁渔

江苏　王文大

水作悲声乌暗啼，大江歌哭已多时。
春潮不见鲟豚戏，秋汛空生鲈鲙思。
滥捕端教千籁寂，禁渔何惜十年迟。
鱼龙连夜歌还舞，应是佳音信可期。

沁园春·锦绣江苏 生命江苏

江苏 崔敬之

水韵江苏，带海襟川，垂斗拱星。念长江如母，劬劳乳我，运河如舅，捭阖酬卿。淮水灯山，太湖歌板，几叶轻舟载月明。秋光射，引莼鲈无限，鸥鹭同盟。

今朝再聚群英，信蛰睡鱼龙唤必醒。恸九渊鱣讯，已徵傲省，三江豚拜，更动微情。白鹭吞声，大鲵弄态，天意生生岂替陵。相矜勉，倩冯夷击鼓，共致精诚。

满庭芳·游长江生态湿地

江苏　毛德慧

　　花径攒红，荷池涨绿，薰风浅送芬芳。听涛拍岸，向此寄行藏。一望烟波渺渺，鹭鸥逐、恣意翱翔。资游兴，沿堤草甸，罨画布长廊。

　　曾经贫瘠处，荒芜野蔓，寥落愁乡。尽留得，江滩十里苍凉。为改经年旧貌，清流引、生态如常。今朝看，公园湿地，青翠溅吟窗。

泛舟扬子江看江豚翻跃喜作二首之一

江苏　谢良喜

舟过南徐尚有村,河川浩渺势如吞。
此时初日才披锦,何处青山不着痕。
苇泽高低飞海鹭,鳞波远近跃江豚。
人间今正循生态,物种濒危岂足论。

王奥/摄

诗词组　优秀奖

虞美人·致长江水质检测员

湖南　杨定朝

　　滩涂踏遍三吴晓，取样归来早。悬瓶吸得水精灵，要把人间清浊辨分明。

　　山川不许污尘染，数据精心检。雨霜风雪几曾休，赢得一江清水向东流。

摊破浣溪沙·江苏巡河工写影

上海　牛俊人

　　风雨巡河寄一槎，此生无悔水为家，看取初心同碧浪，洁无瑕。
　　朋友已长招雁鹜，经行惯是向蒹葭。小憩秦淮身照影，衬明霞。

南京观江豚起舞有作

湖南　李声满

经年契阔忆凌波,一笑重逢喜若何?
碧水自涵天浩荡,青山犹对旧经过。
论功在昔占风雨,见道如今绝网罗。
万里长江同饮啜,相思定不负清歌。

环卫工(中华通韵)

山西　李海霞

帚似生花笔,
汗如脱线珠。
一支交响曲,
多少小音符。

清洁煤

河北　刘　峰

硫烟脱却自轻松，
走进乡间意别浓。
元宝身姿人喜爱，
畅言当下少霾冬。

巡　河

广东　陈忠仁

一水穿山画境开，
小船追日总徘徊。
暮云浮物都捞尽，
滤得清流入梦来。

闻江苏水域治理成绩卓然有感

四川 刘 永

河川锦绣润乾坤,遥见秦淮入黛痕。
云散广陵飞海燕,春归吴下跃江豚。
分明洪泽三千里,合力渔帆八百村。
但使金山更绿水,青天留待福儿孙。

有感长江禁渔十年

江苏　程　希

长江哺我七千年,
血浸乳花犹苦煎。
肯为娘亲捐一好,
从今断奶四千天。

交通环保自行车（新韵）

江苏　林志雄

才出站台奔栅栏，磁条轻刷跨飞鞍。
悠悠一路骑行爽，忽忽千街过往欢。
异地无形零接驳，同城互信两相连。
文明建市和谐最，环保交通先着鞭。

临江仙·环保江苏[1]

安徽 汪滢

绿色出行多样化,单车或者公交。河湖之上白云飘。水清如画里,天地自然高。

鸥鹭翻飞风送爽,江豚嬉戏波涛。时时检测入分毫。保持环境美,万类共逍遥。

注:遵词林正韵。万类,各种生物。

楹联组 一等奖

赞江苏省生态环境工作者(中华通韵)

广东　陈　哲

计千家利,积万世福,腹有经纶,编织绿色中国梦;
保太湖清,还长江净,胸无芥蒂,吞吐蓝光大海潮。

楹联组　二等奖

垃圾分类与生态文明[1]

浙江　邹立坚

人人动手,垃圾分投四色箱,利于国,益于民,让环境清新,废物变成宝物;

处处怡心,城乡共筑两山梦,天更蓝,水更绿,看江苏靓丽,家园化作花园。

注:"两山"指"绿水青山就是金山银山"的"两山"发展理念。

楹 联

安徽 陈 峰

绿水蓝天置顶；
污风浊气清零。

楹联组　三等奖

楹 联①

四川 陈 亮

让家园留住原生态，护绿意红情，有花满地、云满天，万物谐和开画本；

把都市融于大自然，喜长街广厦，能望见山、看见水，一城清丽系乡愁。

注："花满地、云满天"与"望见山、看见水"用句中自对法。绿意红情：形容艳丽的景色，宋·文同《约春》诗："红情绿意知多少，尽入泾川万树花。"清丽：清秀美丽，龚自珍《湘月·天风吹我》词："天风吹我，堕湖山一角，果然清丽。"下联立意取自国家提出的"让城市融入大自然，让居民望得见山、看得见水、记得住乡愁"。

楹联（中华通韵）

安徽　陈自如

　　青山当彩笔，绿水作长宣，禹甸自然维护篇，以廉洁来谱写；
　　明月是私章，艳阳为大印，江苏环境验收证，凭公正去签发。

题环卫女工

福建　林美娟

扫一己蓬庐,兼扫几分天下;
梳满头秀发,更梳千里江南。

楹联组　优秀奖

楹 联

湖南　文会鹏

吐纳有清风,让父母多几年寿命;
溪河无毒素,为儿孙留一尾好鱼。

环保志愿者

广东 谢 丹

肩上风尘,履间冰雪,顾来处烟雨一蓑,终见沧波飞白鹭;

胸中热血,望里蓝图,喜今朝舜尧十亿,好教赤县遍青山。

楹 联

湖南　周永红

民胞物与,焉知草木无情,不使芝焚同蕙叹;
环保中坚,且喜运筹有术,好将鸟语伴花香。

题长江大保护

江西　肖检生

十载歇渔舟,教四面网空,一川鱼满;
千巡除藻物,葆清流入海,朗抱涵天。

楹 联

江西 张绍斌

止伐护芳林,教碧秀吴山,栖来鸿雁;
禁渔添瑞气,喜清莹江水,跃出豚鱼。

楹 联

福建　王雪森

蓝图绘就蓝天，红色燃烧，绿色耕耘，七彩江苏新画卷；
生态关乎生命，初心打造，精心呵护，一流环境美诗章。

楹 联[1]

河南　余东林

城乡入画,山水吟诗,莺声啼绿《江南柳》;
低碳燃情,高科助力,燕剪裁红《锦上花》。

注:《江南柳》《锦上花》均为词牌名。

楹 联

广东　傅荣波

江苏真美丽，护堤还草，闲地还林，花繁树茂任成长；
生态更平衡，猎具归仓，渔船归港，羽翥鳞翔竞自由。

楹　联

山东　张文静

初心濡墨,生态纵毫,泼开千里长江碧;
爱洒山川,情融草木,托起无边中国蓝。

楹 联

辽宁　陈应山

爱自然，生艺术，喜看雀之灵，豚之舞；①
是环境，办银行，笑得山送利，水送息。

注：雀之灵是指孔雀舞。豚，江豚，长江保护动物。

4

第四届

一等奖

咏新济洲湿地公园

上海 杨 毅

莫道纷纷海变桑,众生原始此深藏。
氧吧地拥树千亩,灵境天成水一方。
鹿待哺时苹已茂,鱼堪乐处藻先香。
绿洲若遣人长住,定是无愁不老乡。

江心洲生态保护成效显著

江苏　袁振东

谁撑巨筏逆沧江，
水道黄金剖作双。
百舸穿梭洲鹭织，
多情相送掠舷窗。

二等奖

江边晚景

河南 梅凤云

晚霞一抹倩谁收,古渡酣然卧小舟。
江面有风轻似网,波心现月细如钩。
无边蛙鼓同开擂,几处荷苞漫点头。
摁下捕捞休止键,人来不碍鳜鱼游。

潘安湖人家①

上海 罗 伟

家在垂杨水一村,采煤遗迹了无痕。
桃花晓日红过屋,春草澄波绿到门。
庭不生尘风为扫,地多栽竹雀争喧。
黄鸡白酒迎来客,月下临湖好泛樽。

注:潘安湖是一个当代人工湖,原为采煤区。

鹧鸪天·咏太湖清洁工（词林正韵）

河南　吴继强

　　身影何辞晓日迎，小舟犁雪卧云轻。移将兰棹天边远，泛起清波画上行。

　　飞白鹭，听黄莺。倚栏独自看潮生。一湖碧水长开鉴，照得人心也透明。

定风波·长江禁渔

江苏　段春梅

逝水而东汇海流。波澄烟净集浮鸥。风引江豚频出入，行揖。似同渔父释前仇。

所幸网开留一面，诚愿。年年养息衍千秋。生态向荣鱼自乐，还约。相从万里共巡游。

鹧鸪天·锡澄水厂观江苏最大太阳能光伏电站效果图①

上海 孙 群

片片犹如向日葵，琉璃面板漾文漪。阳光收取真无价，能量供输更入时。

盗天火②，续传奇，曾经神话有依归。未来犹欲金乌变，打造银河蓄电池。

注：
1. 江苏最大光伏电站：2022年3月，一座4.6兆瓦的光伏发电站在无锡最大的水厂——锡澄水厂开工建设，这是江苏省内目前单体面积最大的自来水厂太阳能光伏电站建设项目。该项目以"生态融合、智慧环保"为理念，正走上绿色低碳之路。
2. 盗天火：希腊神话中，普罗米修斯从太阳神阿波罗那里盗走火种送给人类，带来光明。

三等奖

环保歌

江西　冷峭玉

明山丽水本无恙，山堪游戏水堪赏。
何时所取过所当，山生顽疾水生瘴。
今闻人有补牢意，斧斤高阁数罟弃。
木渐成阴草渐覆，兽迹时见鸟群至。
田归湖泽地归林，斯政之兴信可喜。
旧年酬诗少风光，忽见恢复有如此。
当邀酒徒戴明月，天高地迥任行止。

记一位南京长江护渔人（通韵）

江苏　仇恒儒

归来浪上住江滨，闹市妻儿岂不亲。
渔事重如家里事，水纹熟若掌中纹。
出勤车破千迭雾，执法衣红十载春。
豚跃碧波谁记起：当年斯是捕鱼人！

西江月·湖长的幸福生活

内蒙古　王　力

　　我是新科湖长,山中守望晶莹。游鱼飞鸟比鳍翎,胜负我来圈定。

　　岸上参差林草,更兼山外田塍。宛如亲戚恁多情,见着谁都高兴。

慰鱼歌
—— 一位护渔干部的心声

江苏　徐崇先

澒蒙初启溯前生。我亦披鳞肯咽声。
万世结仇终结友，一朝同饮复同行。
似将长铗归来日，约得十年鸥鹭盟。
相忘江湖身未隐，而今肩负护渔名。

望海潮·白马湖禁渔事（词林正韵）

江苏　仲晓君

　　水连天阔，云随鹭远，信潮闲拭平沙。湖畔听泉，湖心啸马，黄昏几处鸣蛙。风送夕阳斜。折回三两缕，吮舐芦芽。凫雁飞飞，粼粼波里逐云霞。

　　新编岸上人家。羡鲈鱼摆尾，作弄鳅虾。令解网时，安生计处，渔歌听愈清嘉。何要寄浮槎。篙楫撑轻浪，直向谁夸。不老嬉嬉钓叟，也拟学莲娃。

阳澄东湖湿地公园冬韵

江苏　范兴荣

一鉴重霄近，四围千树齐。
滩声芦荻满，雪色海山低。
水碧潜鱼乐，云深任鸟栖。
果然金不换，冬日汇春溪。

晨起自张家港坐公交一路换车正午至南京燕子矶景区有感

江苏　周国明

诗人爱风光，古来皆如此。
笃性在文章，何处不行止。
奈何好山川，曾为污染毁。
苦谁取灵性，一思一愁悴。
今闻有威令，能使环境美。
飞鸟复在林，游鱼复在水。
噪音减当途，垃圾分诸类。
污流不外排，浊气预处理。
街边木参天，湖心清见底。
我亦不素餐，欲访六朝事。
吴尾接吴中，往来近千里。
飞车过九津，自驾道如咫。
非我御不能，为有公交恃。
不厌辗转烦，赏光得巨细。
一利节盘缠，再利获兼利。
饱看是青山，金山不可抵。

沁园春·记长江北固湾环境日活动

江苏　颜正清

北顾中州，南擎吴越，极目苍穹。恰晴霄雨霁，云轻日暖，生机万物，草翠花红。舞榭歌台，翩翩飞燕，一曲霓裳到碧空。留余兴，且徐行信步，携伴相从。

波涛浩荡奔东，引民族豪情势贯虹。看天然湿地，芦苇丰茂，鱼鸥竞志，似有蛟龙。发展之基，生存之本，保护长江责任同。聚众志，展中华美丽，绿色新风。

优秀奖

滨海港海上风电机咏(新韵)

江苏 汪 洋

应讶风机立浪涛,
海天空阔叶轮摇。
日输电力卅千度,
胜似十吨煤炭烧。

过潘安水镇[1]

江苏　宋善岭

花拥松门石叠台,水环街巷几徘徊。
游鱼五色荷间戏,垂柳万株湖岸栽。
不见当初老煤井,恍疑到了小蓬莱。
正思鸟岛如何去,一叶轻舟划过来。

注:此处本无水镇,原是徐矿集团权台矿的采煤塌陷区域,2010年始,徐州市政府对此采煤塌陷区实施改造,历时两年余建成潘安湖湿地公园和潘安水镇旅游度假区。

长江禁渔

江苏　李昱圻

曾闻数罟泣波臣,水阔何尝著此身。
竭泽机心犹未死,还珠上策已先陈。
时传廓落长鸣笛,谁见逍遥旧钓人。
生聚十年兼教训,芦花荡里共归真。

题南工大环保志愿服务队[①]

山东　刘成卓

青衿不欲梦蹉跎，
共与春风护碧波。
踏遍金陵情未尽，
痴心只为母亲河。

注：2021年，南京工业大学环保志愿服务队因爱水、护水事迹，荣获第五届江苏省"母亲河奖"绿色团队奖。

扬子江有感

江苏　李振华

长脉滔滔若母躯,怎教乳汁失甘腴。
岁丰休扰鱼虾乐,秋爽无妨芦荻葶。
欲润桑田云织锦,更通沧海浦还珠。
于今赚得好风水,胜却叔平留橘奴。

生态宣传志愿者

河南　李玉洋

碧湖鸥鹭点晴波，
青岭白云拭软和。
奔走单车行四季，
铃声摇绿一乡歌。

鹧鸪天·步行上班

河北　张立芳

晨起清风扶碧天,鸟儿欢唱柳飞弦。短行但使车休假,远瞩还需腿上班。

环保汗,健康年,身材窈窕对花妍。减肥低碳成同步,美丽回归大自然。

临江仙·水质检测员

上海　李　娜

　　破晓轻舟穿雨雪,环巡几度春秋。江河消息一瓶收。宛然微镜下,澄浊溯从头。

　　鬓上霜丝频岁染,相亲知有豚鸥。东风换得几晴柔。飞来云共我,十里化清流。

题南京濒危动物虎凤蝶

江苏　李远萍

梦里贪花露,
醒作护花主。
花间两幻身,
相扑又何苦。

鹧鸪天·长江之魂

安徽　廖崇耕

昂首飞歌直向东，炎黄一脉九州同。情牵疆海三千岛，魂系巫山十二峰。

飘玉带，荡春风。满腔热血化腾龙。沧波激起中兴梦，孕育生机几万重！

七律·秦淮新河河道保洁员

辽宁　赵文华

扁舟荡起意如何,杂草淤柴撒网罗。
百里天蓝知旧识,千年水碧得新磨。
长襟尽染烟尘色,短棹欣摇日月梭。
惯付劬勤贪一念,平生相恋是清波。

刘　双/摄

水上环卫工

福建　罗永珩

晨风拂面柳婆娑,谁驾轻舟踏浪过?
千顷白烟融马甲,十年碧水绝渔蓑。
却将漾漾澄湖影,谱就盈盈生态歌。
自在群鸥相狎久,栖飞芳渚浴清波。

鹧鸪天·骑共享单车游天目湖湿地公园

山西　李海霞

湿地风光久盛名,天蓝水碧濯心清。蒹葭采采鱼虾戏,菱藕鲜鲜鸥鹭迎。

青气绕,白云横,荷风款款送蛙鸣。心随轮转神仙境,复向神仙境外行。

七律·畅游鼓楼区江边湿地

江苏　谷万祥

扬子奔流涌母恩,升沉日月亦牵魂。①
人心湿地同呼吸,港口游轮共吐吞。
满眼香蒲招白鹭,漫滩芦苇数江豚。
下关一洗旧时色,山水金银遗子孙。

注:首句指母亲河;结句引"绿水青山就是金山银山"意;遗,音"慰",意为赠。

西江月·常熟(柳永辞格)

江西　邹永斌

　　两岸青芜叠翠,遥看玉带斜飞。鹭鸶三五滑琉璃,画境重开眼底。
　　短棹一声欸乃,与君欣赴瑶池。江豚十里伴云归,常驻人间绿肺。

鹧鸪天·游天目湖有感

河南　杨业胜

　　收取湖光不论斤,心胸开阔长精神。和风赠送三方绿,唱鸟捎来一片云。

　　登石坝,过渔村,诗情画意两难分。谁为天目擦明镜,难忘辛勤环保人。

鹧鸪天·长江十年禁渔所见

江西　肖检生

十载期犹未几春,眼前已觉焕然新。葱茏岸碧多还草,潋滟波清不染尘。

鱼跃遍,鸟飞频。江天一派自由身。昔时撒网渔夫在,今日翻为禁捕人!

生态江苏　美丽江苏

福建　谢丽琼

白云边上著幽亭，
四面山围如展屏。
有水澄然闲写影，
一峰分作两峰青。

暮日观江苏海上风电项目

北京　丁海军

薄云散去海天赊，
万里清明红日斜。
借问是谁施妙策，
碧涛上种大风车。

题长江守护者郑金良[①]

辽宁　李英俊

衣带朝晖足踏船，
悠游一尾也魂牵。
问谁似此长情者，
默默追鱼二十年。

注：从2002年开始，郑金良坚持在长江追鱼，放流鱼苗1.6亿尾。

5

第五届

一等奖

咏蔷薇——赞生态环境系统巾帼铁军[1]

江苏　袁振东

春艳不争桃李梅，
含苞欲放待轻雷。
柔枝莫道娇无力，
笞恶藤鞭舞刺来。

注：秦观《春日五首·其二》：一夕轻雷落万丝，霁光浮瓦碧参差。有情芍药含春泪，无力蔷薇卧晓枝。

蔷薇花信

第五季

Letter from Rose

第五届"生态环保 美丽江苏"诗词征集活动获奖作品

咏蔷薇—赞生态环境系统巾帼铁军

春艳不争桃李梅，
含苞欲放待轻雷。
柔枝莫道娇无力，
答恶藤鞭舞刺来。

清平乐·喜见院中蔷薇欲开

江苏　刘艾玲

孕红拥绿,粒粒玲珑玉。篱畔微风随手触,已有暗香盈握。

小窗午影迟迟,蝶儿梦里翻飞。两个黄鹂鸣啭,叫醒一架蔷薇。

二等奖

题江苏省生态环境厅所在地蔷薇花墙

安徽　王播春

围段春风做院墙,白云朵朵任飘香。
发芽种子初心定,采蜜蜂儿四处忙。
绿氧舒开新格局,花园留住慢时光。
东君笑把基层下,倾听蔷薇好主张。

午后看蔷薇有作

北京　王志刚

霁后繁香午梦侵,小园四月听鸣禽。
春将归处花偏盛,人欲看时意转深。
帘外三分多暇趣,江南万里少年心。
莫悲明日残红落,落尽残红是绿阴。

鹧鸪天·金陵赏花并复蔷薇花信

甘肃 龚 琪

丽日金陵飞紫烟,蔷薇瀑布泻琼垣。醉眸好景参差是,打卡时人络绎间。

情切切,路漫漫。赖谁双手护家园。心头亦有些些话,说与殷勤苏小环。

注:"蔷薇花信"是江苏省生态环境厅在《江苏生态环境微信公众平台》推出的与大众沟通的品牌。"苏小环"是江苏省生态环境厅的网络谦称。

春过南京老门东

山东　马瑞新

秦淮水碧鹭翩飞，
深巷老墙花作衣。
小女欲知春气息，
足尖踮起嗅蔷薇。

王　康/摄

过潘安湖湿地公园见蔷薇花开

江苏　宋善岭

香如茉莉艳如梅,
不负烟春雨露培。
往事十年犹记得,
此花根下是煤堆。

注：此处原是徐矿集团权台矿的采煤塌陷区域，自 2010 年始，徐州市政府对此采煤塌陷区实施改造，历时两年余建成潘安湖湿地公园。

三等奖

赞蔷薇花

江苏　黄海涛

扎根墙角缀繁花，
色彩光鲜胜绮霞。
一架长藤牵远树，
好分紫气到邻家。

过南京颐和路蔷薇花墙

福建　罗永珩

暖香澹澹觉风吹，绚丽花墙粉压枝。
匝地怒如千瀑涌，映空粲若万星垂。
每逢市上鲜繁日，便是人间春盛时。
爱此韶光清世味，流年芳景赋新诗。

牡 丹

江苏　范兴荣

花王坐定迟何妨？况有年年二月春。
生态犹怜太真影，如初欲见戚姬身。
铅华浓浅偏宜画，和气氤氲向可亲。
磊落几窝红玉缀，湖山不负种花人。

广玉兰

江苏　黄　薇

心高未必占山崖,起地三寻才是家。
自束蛮腰纫兰佩,轻拈柔指抹丹霞。
半晴片许云头挂,一体千双佛手叉。
可惜诗情随闪念,妙言不与鄙人赊。

水龙吟·昔台城柳枝多被攀折制成柳哨,大煞风景。今严加保护,悬以风铃,点缀石城喜赋

河南　甘雪兰

　　一番疏雨台城,正春仲薄寒天气。断枝残叶,莺栖未稳,凄凉漂曳。恍惚哀弦,分明柳哨,低回风里。想当时斫取,青青不再。骨销处,心先碎。

　　今尔无人折制,有东君好生调理。后湖水养,鸡笼烟润,万条旖旎。铃铎高悬,珮珂清响,福音长赐。纵秋来谢落,应难兴叹,树犹如此。

虞美人·咏镇江南山自然生态

江苏　颜正清

　　江南三月花如锦,花里融春寝。萧台旧日植蔷薇,仰慕清姿独自觅芳菲。

　　天光云影描生态,挥墨山如黛。东风最解此深情,柳暗路回伴我到光明。

蝶恋花·鸡鸣寺赏樱

广东　谢　丹

几树东风云脚歇,秾粉轻绯,三月江南雪。一朵轻拈如贝叶,晨钟未醒花间蝶。

倦矣红尘车马辙,逆旅飘零,朝露旋生灭。归去芳华留一瞥,春心枝上深深结。

菩萨蛮·蔷薇

江苏　周冠钧

　　浅红淡粉娇无数，香风微遣春将暮。架下立何人，往来惊暗尘。

　　心情如一梦，只合成偷送。羡得蜜蜂儿，舞余花落时。

优秀奖

蔷薇花

新疆　吕鹏飞

　　琼叶托瑶芳,攀援倚短墙。篱边花晃荡,屋后绿张扬。淑气凝茎露,茂阴延步廊。

　　撷春欣结阵,凭雨巧施妆。湿蕊居然嫩,柔条如许长。多情摇翡翠,含笑向阶堂。

　　梦里望新月,晴时对艳阳。俏成红粉面,怯著玉罗裳。宁守三分静,焉为一点狂。

　　风流追魏紫,襟韵胜姚黄。倏忽微飔起,空中闻异香。

王　康/摄

行香子·金陵蔷薇花墙打卡

江苏　张清廷

一沐春光，粉了花墙。些微雨、叶朵煌煌。轻匀绡翠，疏淡生香。惹莺儿过，蜂儿舞，蝶儿狂。

婆娑风卷，陶然别具。任平生、开谢寻常。行来留影，三二姑娘。正一时颦，一时笑，一时妆。

浣溪沙·新村蔷薇花开

河南　杨业胜

　　十里蔷薇花不疏,蜂飞蝶舞共同途。绿阴深处燕相呼。

　　枕上风吹红绿梦,窗前月画碧蓝湖。新村捧出一张图。

临江仙·潘安湖见蔷薇花

辽宁　吉铁兵

　　堤上丝丝柳绿,水边簇簇花红。蔷薇才系蕊边风。是谁抓一把,攥出雨濛濛。
　　黑色煤球不见,烟尘难到窗栊。回归生态自然中。翻成湖一片,留下月融融。

戏于蔷薇初发

江苏　吕景芳

已被藤墙裹住春,一园内外枉撩人。
君如解语我先诉,我且骋才君莫嗔。
但遣惠风消紫雪,可能素面画红唇。
新枝虽弱先生刺,纵是百虫难近身。

鹧鸪天·我家小院蔷薇花

安徽　蔡长宁

篱隔碧溪安个家,阳光给点竞攀爬。珊珊浅笑迷青眼,落落清姿逗绮霞。

风送暖,自飞花。绕人魂梦影横斜。不摇香也过墙去,甩出春天一尾巴。

蝶恋花·蔷薇

江苏　王文清

　　点缀篱墙颜色好。碧叶红花，含露轻烟罩。垂蔓岂云如乱草？应知错落天工巧。
　　气和雨润青阳照。发得闲枝，斜掠人行道。道上风尘人苦恼，一枝能使愁颜少。

新济洲湿地公园赞[①]

湖南　熊湘东

会心何必远？生意满芳洲。万类兹相得，今朝各自由。
亲人鱼鸟近，匝地水林幽。杉补天澄净，芦添岸阻修。
漫将风雨卜，不用稻粱谋。浪逐江豚舞，船随花鸭流。
更无谁结网，唯有客盟鸥。千载存完璞，长为汗漫游。

注：鱼鸟见南朝宋刘义庆《世说新语·言语》："会心处不必在远。翳然林水，便自有濠濮间想也，觉鸟兽禽鱼自来亲人。"
风雨见清朝任鹓《行舟要览》："江豚吹浪可以卜风。故江豚出舞，舟人谓之拜风。"
稻粱见杜甫《花鸭》："稻粱沾汝在，作意莫先鸣。"

鹧鸪天·高淳金花节

江苏　李　琼

　　数日风薰遍地黄，菜花万顷占春光。侵窗鸟语催人醒，夹路蜂游讶客忙。

　　承晓露，沐斜阳。看花客兴欲疯狂。人从野陌归来后，两袖清风也带香。

鹧鸪天·生态骆马湖

山东　刘成卓

一棹烟波碧似绸,细纹泛泛①自轻柔。了无箱网凭呼鲤,严禁砂船②任唤鸥。

横草岸,抱花洲。烟尘浣尽客勾留。蔷薇一朵捎春信,南水③犹然向北流。

注:泛泛,荡漾的样子。
砂船,即采砂船,骆马湖禁箱网养鱼,禁采砂船采砂。
南水,骆马湖是南水北调东线主要调水区之一。

西江月·桃花图

广东　黄郁贤

日映江南绿水,风和岭北桃花。一湾红浪半天霞。十里芳菲碧野。

蹊径萦纡花树,村乡竞斗纷葩。胭脂带雨染红家。家住春天童话。

杏园芳·咏柳(新韵)

陕西　周文潇

江堤二月春风。丝丝细柳轻盈。新芽嫩绿向晴空。舞娉婷。

朝阳弄暖舒春煦,凌云燕剪声声。千条垂挂荡欢情。醉金陵。

西江月·结香树

江苏　崔传江

　　自创枝条打结,高擎萼朵成团。色橙香郁更如兰,应是花中绝版。

　　有意加分环境,无求位列仙班。绿肥红瘦隐丛间,也落清芬不断。

行香子·苏高中白玉兰

江苏　渠芳慧

　　束素亭亭,照影盈盈。任春风,开落无情。岂同桃艳,不与梅争。况也无蜂,也无蝶,也无莺。

　　曲池夜软,小径云轻。有人儿,纤手弹筝。初更月净,一瓣香凝。忘渚边红,岩边紫,盏边青。

清平乐·玄武湖赏樱花

江苏　段春梅

　　玄武湖畔，可值千回看。摇曳樱花东风软，围簇珠玑婉婉。

　　与春邂逅偏宜，绯云扑簌依微。粉蕊弄姿照水，时随彩蝶低回。

白玉兰

辽宁　宋玉秋

拾春之吴越，住近玉人花。
不知何年植，郁盖流瑶华。
远望浮晴雪，摩之似云霞。
琪树非凡种，观者逸兴佳。
得气心尘净，无香意未遮。
吾乡鲜所识，此处路边赊。
草木有天性，丘园各为家。
但得陶令宅，手植傍桑麻。
荷锄勤劳作，当轩赏月槎。
悠悠一梦里，仙萼鞞冰纱。

西江月·垂丝海棠

江苏　李传敏

红晕风来浅醉,幽芳雨过清醇。娇柔垂首为谁颦,痴对尘泥方寸。

簇簇勾挑妩媚,丝丝出落天真。只因遇着看花人,了却青青缘分。

游凤凰岛兼吟凤凰雕像

江苏　焦长春

凤凰岛上凤凰回,凤到山花相竞开。
溪水已偕泉伴响,梧桐曾是我亲栽。
和风为客吹青柳,小步扶君踏绿苔。
铜雀四时云外立,也知振翅引鸥来。

咏蔷薇三首之三

江苏　戴永兵

柔条曼舞不登堂,
只合攀援院外香。
一垅新藤铺绣幕,
先从此处泄春光。

满庭芳·蔷薇花开

广东　黄佳武

苔巷深深,跫音浅浅,香风拽住游踪。谁家粉壁,垂下绿云浓。许是春寒又倒,漫堆积、新雪绒绒。更迟日,欲消还惜,恰抹半分红。

便花簪委地,倩君莫叹,犹自从容。问开落,无非过眼泥鸿。闲把尘嚣抛却,对朝暮、倾吐幽衷。任蝴蝶,织成清梦,梦里独慵慵。